MONTE-CARLO EN DÉSHABILLÉ

OU

LES DRAMES DE MONTE-CARLO

PIÈCE EN 6 TABLEAUX

Premier Tableau	Quatrième Tableau
L'ADMINISTRATION	**L'USURIÈRE VOLÉE**
Deuxième Tableau	Cinquième Tableau
LA SOCIÉTÉ	**FATAL ENTRAINEMENT**
Troisième Tableau	Sixième Tableau
LE JEU	**CHEZ LE DIRECTEUR**

PRIX : UN FRANC

MARSEILLE

IMPRIMERIE GÉNÉRALE J. DOUCET

Rue Chevalier-Rose, 1, 3 et 5

1883

MONTE-CARLO EN DÉSHABILLÉ

OU

LES DRAMES DE MONTE-CARLO

PIÈCE EN 6 TABLEAUX

Premier Tableau	Quatrième Tableau
L'ADMINISTRATION	**L'USURIÈRE VOLÉE**
Deuxième Tableau	Cinquième Tableau
LA SOCIÉTÉ	**FATAL ENTRAINEMENT**
Troisième Tableau	Sixième Tableau
LE JEU	**CHEZ LE DIRECTEUR**

PRIX : UN FRANC

MARSEILLE

IMPRIMERIE GÉNÉRALE J. DOUCET

Rue Chevalier-Rose, 1, 3 et 5

1883

AVANT-PROPOS

Un règlement du Casino de Monte-Carlo interdit l'entrée de la salle de jeu aux habitants de la principauté et des Alpes-Maritimes.

Pour avoir une carte d'entrée, il suffit de donner un nom et une adresse qui sont admis sans contrôle et inscrits sur le registre des entrées.

Il en résulte que l'orsqu'un désastre financier se produit dans le pays, on ne peut en attribuer la cause à Monte-Carlo, le registre des entrées démontrerait assez que la victime n'a jamais mis les pieds dans la salle de jeu.

Ce règlement a donc été fait pour éviter les récriminations, mais pas du tout pour empêcher la ruine des habitants.

Les ravages causés par le jeu s'étendent au monde civilisé en général ; chaque jour amène une nouvelle catastrophe, et il serait grand temps qu'on essayât de réagir contre ce fatal entraînement.

Mon but dans cet essai dramatique a été de démontrer aux joueurs novices qu'une fois qu'ils ont pénétré dans une salle de jeu, leur argent devient l'objet des convoitises générales, et, qu'il devient bien difficile de le défendre honnêtement et efficacement contre les accapareurs d'or.

PERSONNAGES

~~~~~~~~

GARTNER }
OSWALD } *administrateur secret du Casino.*

DESBARRES, 30 ans.

BERGE, 27 ans.

UN VIEUX PROFESSEUR DE JEU.

UN GANDIN.

CORA }
OLYMPE } *demi-mondaines.*

ANDRÉ, *croupier.*

LE DIRECTEUR.

UN CHEF DE PARTIE.

UNE JEUNE VEUVE.

UNE VIEILLE DAME.

PUBLIC DES DEUX SEXES.

EMPLOYÉS ET CROUPIERS.

MONTE-CARLO EN DÉSHABILLÉ

ou

LES DRAMES DE MONTE-CARLO

PREMIER TABLEAU

Le Théâtre représente la salle de rapport; à gauche, une
roulette; à droite, un bureau. Porte au fond. — Au lever du
rideau, Gartner est assis au bureau. Les croupiers et les
chefs de partie qui ont été mandés entrent ensemble.

SCÈNE UNIQUE

GARTNER, UN CHEF DE PARTIE, ANDRÉ, UN HUISSIER,
DIVERS EMPLOYÉS

L'HUISSIER (*annonçant*). — Les employés que M. le
sous-directeur a fait demander.

GARTNER. — Faites entrer. (*Les employés entrent et
se tiennent près du bureau*). Messieurs, l'Administration n'est pas satisfaite, les bénéfices sont insigni-
fiants, vous apportez une trop grande insouciance à
remplir vos fonctions; hier, par exemple, à la table 5,
le jeu était très animé et M. André n'amenait que des
séries.

LE CHEF DE PARTIE (*timidement*). — Un hasard
fatal.....

GARTNER (*brusquement*). — Il n'y a pas de hasard,
vous le savez bien, vous deviez remplacer M. André et
si cela ne suffisait pas à dérouter les joueurs, vous
aviez d'autres moyens.

LE CHEF DE PARTIE. — Vous m'avez recommandé
d'en être très sobre et je n'ai pas osé. ...

GARTNER. — Dites que vous étiez distrait; autre
chose, j'ai vu hier M. André prenant la bille en intro-

duisant son doigt par l'ouverture de la case, ce qui est contraire au règlement.

ANDRÉ. — Je ne vois pas ce que...

GARTNER (*sèchement*). — Vous n'avez pas à voir, vous n'avez qu'à obéir. Du reste, Messieurs, c'est un peu votre affaire ; si l'Administration se trouve dans la nécessité de réduire son personnel, je saurai choisir ceux qui devront être remerciés. (*A André*) M. André, faites tourner ; bien ! Supposez que je jette une pièce dans le cylindre, que faites-vous ?

ANDRÉ (*arrêtant le cylindre*). — Rien ne va !

GARTNER. — Vous avez arrêté le cylindre par une des branches au lieu de poser votre main sur la croix.

ANDRÉ. — Qu'est-ce que cela fait ?

GARTNER. — Il est probable que cela fait quelque chose, puisqu'on vous enseigne à faire comme je vous dis ; à partir de demain vous retournerez à l'école pendant un mois, avec réduction de vos appointements.

ANDRÉ. — Je donne ma démission.

GARTNER. — Elle sera acceptée.

ANDRÉ (*à part*). — Je me vengerai.

GARTNER. — Messieurs, souvenez-vous toujours des instructions qui vous ont été données à l'école : Tous les joueurs sont superstitieux, chacun a sa marotte ; à vous de découvrir la faiblesse de chacun pour le dérouter si la chance le favorisait par trop... Les moyens ne vous manquent pas : Changement de place des croupiers, coup suspendu par la bille sautant du cylindre ou par la pièce tombant dedans, discussions pour le paiement des masses, déplacement par inadvertance d'une mise...! et enfin il est encore d'autres moyens connus des chefs de partie. Souvenez-vous aussi que le cylindre doit toujours être en mouvement de façon à ne pas permettre aux joueurs trop attentifs un examen sérieux des lames de cuivre qui divisent les cases. Une dernière recommandation : Signalez, dès que vous l'apercevez, un joueur surexcité par la déveine; c'est de cette façon qu'on arrive à prévenir les accidents et le scandale.

LE CHEF DE PARTIE. — Vous avez fait hier un coup de maître à ce sujet.

GARTNER. — Dites que grâce à un trait de génie j'ai fait un fripon d'un honnête homme; mais sans cela qui sait ce qui serait arrivé ?

LE CHEF DE PARTIE. — On ne peut pas connaître les détails ?

GARTNER (*avec fatuité*). — Au contraire, cela vous servira d'exemple pour l'avenir : M. de Blinsac venait de m'être signalé; en m'approchant, je vis un colosse à la face congestionnée; je compris de suite qu'un grand danger nous menaçait si on ne parvenait à donner un dérivatif à l'agitation qu'il ne contenait plus qu'à grand peine .. Je n'hésitai pas ; au moment précis où le rateau lui enlevait ses derniers Napoléons, un garçon lui présenta un carnet qu'il venait de ramasser à ses pieds. Sans se rendre compte de ce qu'il faisait, il prit le portefeuille et l'ouvrit... A la vue des deux billets de 500 fr. qu'il contenait, il eut une seconde d'hésitation, puis, tout pâle de honte, il en posa un sur le tapis... Je n'attendis pas qu'il eût perdu pour l'attirer à l'écart: Monsieur, lui dis-je, je viens de voir entre vos mains un porte-billets qui m'appartient, il est encore là, dans votre poche... Le malheureux, atterré, ne chercha pas à se disculper, il me tendit en tremblant le portefeuille et me supplia de ne pas faire de bruit; ce que je lui promis. Il a pris son billet pour Paris le jour même.

LE CHEF DE PARTIE. — Encore un qui, loin de voir en vous son mauvais génie, vous croit son bienfaiteur. (*Tous rient*).

GARTNER. — Messieurs, vous pouvez vous retirer, n'oubliez pas mes recommandations; M. André, vous remplirez encore vos devoirs à la prochaine séance, on pourvoira à votre remplacement aujourd'hui même. (*Tous s'inclinent et se retirent*).

(*Le rideau tombe*).

2ᵐᵉ TABLEAU

La Salle des Pas Perdus

Au lever du Rideau le Professeur accoste Desbarres et Berge qui sortent de la bibliothèque, quelques personnes se promènent dans la salle.

SCÈNE Iʳᵉ

DESBARRES, BERGE, LE PROFESSEUR DE JEU PUBLIC DES DEUX SEXES

LE PROFESSEUR. — Messieurs, vous n'êtes jamais venus ici, on peut vite s'y ruiner, mais si vous voulez je vous enseignerai une méthode infaillible pour gagner.

BERGE. — Volontiers.

LE PROFESSEUR. — Ma méthode m'a coûté de longues veilles, cependant je vous l'enseignerai pour la modique somme de vingt-cinq louis.

DESBARRES. — C'est en effet bien peu pour être assuré de faire fortune ; mais que peut vous faire une pareille somme, à vous, qui grâce à votre système devez être énormément riche ?

LE PROFESSEUR. — Hélas ! j'étais déjà ruiné lorsque je le découvris.

DESBARRES. — C'est d'autant plus fâcheux que mon ami et moi nous n'avons pas d'argent à risquer.

LE PROFESSEUR. — Bah ! vous ne seriez pas ici si vous ne vouliez pas jouer ! Voyons, donnez-moi seulement vingt francs et une part dans vos bénéfices et je vous ferai gagner.

DESBARRES. — En voilà assez et si je ne vous traite pas comme vous le méritez, rendez en grâce à vos cheveux blancs. (*Le Professeur se retire, aussitôt le Gandin les accoste.*)

SCÈNE II

LE GANDIN. — Pardon, Messieurs si je vous dérange, mais entre jeunes gens on peut s'avouer ses petits péchés.

DESBARRES.— Parlez, Monsieur.

LE GANDIN.— Voici ce que c'est; j'ai perdu hier une assez forte somme, en un mot, je suis décavé, et vous m'obligeriez si vous pouviez me prêter cinq cents francs jusqu'à demain ; je vous laisserai en nantissement cette bague et cette épingle, ce sont deux solitaires d'une valeur de quinze cents francs chacun.

DESBARRES.— Comment donc ! cher Monsieur, je serai enchanté de vous être agréable, je veux vous prêter la valeur réelle de ces bijoux, nous allons les faire estimer par un bijoutier.

LE GANDIN, (*balbutiant*).— Inutile Monsieur, je n'ai pas besoin d'une grosse somme et voilà un de mes amis qui me rendra ce petit service. (*Il salue et s'esquive.*)

SCÈNE III

LES MÊMES moins LE GANDIN

BERGE.— Vous alliez vous faire prêteur sur gage !

DESBARRES.— Allons donc! je me doutais que j'avais à faire avec un filou, et mon expédient a parfaitement réussi, car je ne connais ici aucun bijoutier.

BERGE.— Mais alors il faut faire arrêter ce fripon.

DESBARRES.— Bah ! s'il dupe quelqu'un ce ne sera qu'un autre coquin alléché par un gain énorme et illicite.

BERGE.— On dirait à vous entendre que les coquins fourmillent ici.

DESBARRES.— J'ajouterai même qu'à part de très rares exceptions, il n'y a ici que dupeurs et dupés ; dupeurs, les coquins du genre de ceux qui nous ont abordés ; dupés, le public qui tombe dans leurs filets et même les croupiers.

BERGE.— Comment eux aussi sont des dupes ?

DESBARRES. — Sans doute, ils font un métier de galérien qui n'est pas rétribué en proportion des bénéfices qu'il procure ; si encore, ils arrivaient là de suite, mais il doivent suivre les cours d'une école, où, sous prétexte de leur apprendre à payer et à encaisser, on leur apprend aussi, comment dirai-je ?... une certaine prudence qui mettra la banque à l'abri des mauvais coups du destin.

BERGE.— Vous supposez donc qu'ils peuvent tricher ?

DESBARRES.— Non, car la banque serait vite ruinée grâce à quelques compères ; mais les précautions prises pour empêcher le joueur d'approcher des cylindres me semblent louches et je croirai toujours que grâce à un mécanisme ingénieux et bien simple on peut, non pas faire entrer la bille dans telle ou telle case, mais l'empêcher de tomber dans une série de cases ; le croupier, suivant moi, serait inconscient de ce fait produit uniquement par la manière de mettre en mouvement le cylindre ; mais assez causé sur ce sujet, j'aperçois deux des reines de céans qui viennent à nous.

SCÈNE IV

LES MÊMES, CORA, OLYMPE

CORA.— Je suis enchantée de vous voir ici, Messieurs, et j'espère que vous me laisserez guider vos pas dans ce temple de l'or.

DESBARRES.— C'est avec plaisir que mon ami et moi nous vous prendrons pour guide, si vous avouez qu'on vous alloue une gratification pour chacun des pigeons que vous entraînez.

CORA.— Cela n'est pas.

DESBARRES.— Alors ! mes toutes belles, cherchez d'autres cavaliers, car M. Berge et moi n'avions d'autre raison de pénétrer dans cet enfer que celle de vous être utile, pécunièrement parlant.

CORA.— Vous êtes terrible mon cher. Eh ! bien ! oui, on paye ici nos fournisseurs, sans quoi au lieu d'y amener du monde, nous chercherions à en éloigner nos amis qui viennent y perdre un argent dont une partie au moins nous reviendrait.

DESBARRES.— A la bonne heure, nous ferons donc notre entrée sous vos auspices pour attester de votre zèle à prendre les intérêts de l'établissement.

CORA.— Les portes vont s'ouvrir, allons prendre nos cartes.

BERGE. — Voyez donc Desbarres cette foule à la porte du temple... on dirait une bande de mendiants affamés attendant une distribution de soupe.

(Le rideau tombe).

3ᵐᵉ TABLEAU

Le Jeu

Au lever du rideau une foule compacte entoure la table de jeu.

SCÈNE Iʳᵉ

UN CHEF DE PARTIE, ANDRÉ, TROIS MESSIEURS, voix diverses, parmi les personnages en évidence une jeune femme.

ANDRÉ. — Messieurs faites vos jeux... rien ne va plus... 25 noir. Impair. Passe. Rien au nº. 3 pièces à passe. (*Pendant quelques secondes on entend le bruit de l'or qu'on paye ou qu'on ramasse*).

ANDRÉ. — Faites vos jeux...

1ᵉʳ MONSIEUR (*arrivant derrière tout le monde*). — Un louis au carré 17-21.

ANDRÉ. — C'est bien ! rien ne va plus.

ANDRÉ. — 7 noir, impair, manque. (*Il regarde le premier monsieur s'éloigner, murmures autour de la table*).

ANDRÉ. — 17 noir, impair, manque, je l'ai dit, rien au numéro un louis au carré.

2ᵉ CROUPIER. — A qui le carré ?

ANDRÉ. — A madame. (*Il désigne la jeune femme debout qui reçoit l'argent en lui souriant*).

2ᵉ MONSIEUR (*sur le devant de la scène à un 3ᵉ qu'il a attiré*). Mais le louis du 17-21 n'est pas à cette dame.

3ᵉ MONSIEUR. — Le croupier le sait aussi bien que vous, et c'est à dessein qu'il a annoncé 7 au lieu de 17, il avait compté avec juste raison que le Monsieur qui l'avait misé se retirerait sans vérifier, ce qui est arrivé... C'est la méthode employée par ces messieurs pour faire des générosités aux petites dames qui leur veulent du bien.

2ᵉ Monsieur. — Très honnête en vérité. (*Tous deux se rapprochent de la table*).

(*On entend une discussion entre deux joueurs qui tous deux veulent avoir mis 5 fr. à la douzaine sortante.*)

Le Chef de Partie. — Payez les deux mises et continuez le jeu. (*Plusieurs coups se succèdent sans interruption pendant lesquels on n'entend que la voix du croupier annonçant le nᵒ ou faites vos jeux, rien ne va plus et le bruit de l'argent*).

André. — Rien ne va plus. un louis au zéro, une pièce à cheval... A qui le louis ?

Une Voix. — A moi.

André. — Voilà. 35 louis payé.

2ᵉ Voix. — C'est à moi le louis en plein.

André. — J'ai payé monsieur, il n'y avait qu'un louis.

La Voix. — J'ai mis un louis, tout le monde l'a vu.

Le Chef de Partie. — La banque a payé le seul louis qu'il y avait au zéro, vous devez vous tromper ou arrangez-vous avec la personne qui a encaissé ; la banque ne peut pas payer deux fois (*à André*) continuez le jeu. (*On entend le bruit de la discussion mais la voix du croupier empêche de distinguer*).

SCÈNE II

Desbarres, Berge et Olympe s'approchent de la table pendant que Cora vient sur le devant de la scène sur un signe de Gartner.

Cora. — Vous désirez quelque chose, Monsieur Oswald.

Gartner. — Un simple renseignement ma chère belle... Quels sont ces messieurs que vous accompagnez aujourd'hui ?

Cora. — Monsieur Desbarres et un de ses amis, un

belge, très riche, que Desbarres veut préserver du jeu.

GARTNER (*souriant*). — Nous verrons bien, présentez-moi à ces Messieurs.

CORA. — Quoi ! vous voulez ?

GARTNER (*sèchement*). — Je ne veux pas, j'ordonne.

CORA. — C'est bien... (*A ces messieurs qui se sont rapprochés*) M. Oswald, un crésus suisse, Monsieur Desbarres rentier et son ami Monsieur Berge. (*Ils se saluent*).

OSWALD. — Messieurs je ne suis plus un novice ici et la fortune m'y a fort bien traité, aussi s'il vous était agréable de célébrer votre bienvenue et notre connaissance par un bon dîner offert avec l'argent de la maison, je serais heureux d'être votre amphytrion.

DESBARRES. — Vous êtes trop aimable en vérité, mais nous sommes en partie carrée ; croyez à nos regrets, d'autant plus vifs que nous ne devons pas séjourner ici, nous n'y serions même pas venus si je n'avais promis à mon ami de lui faire voir ce tripot.

OSWALD (*avec un haut le corps*). — Tripot me semble un peu vif, car on ne saurait y être filouté.

DESBARRES. — Mon Dieu ! Monsieur, lorsqu'une maison de jeu a 3 millions au moins de frais annuels et que malgré cela elle réalise chaque année au moins 5 millions de bénéfices nets, si vous ne croyez pas que ceux qui ont laissé ces huit milions aient été filoutés, je veux bien pour vous être agréable retirer la qualification de tripot, mais convenez alors qu'elle mérite bien le titre d'usine à jobards.

OSWALD. — Pour moi, monsieur, à qui la fortune est favorable, je ne pense pas comme vous et.... Monsieur Berge est-il de votre avis ?

BERGE. — C'est la première fois que je viens ici, et je ne saurais formuler un opinion fondée. Je dois dire toutefois que ce que j'en ai vu jusqu'à présent ne me semble pas d'une morale excellente ; aussi ai-je hâte de me retirer, mais pas cependant avant d'avoir joué.

Oswald. — A la bonne heure, et si vous le voulez nous allons nous mettre en quête de deux bonnes places, nous verrons qui sera le plus heureux

Berge. — Croyez-vous donc que je veuille m'attabler ? Oh ! que non ce sera vite fait, un seul coup (*il s'approche de la table*) cent francs au 28 : c'est mon âge.

André. — Tout va au billet.... Rien ne va plus... 28 noir, pair, passe. Cent francs au numéro.

Oswald. — Vous avez gagné du premier coup, c'est un signe de veine, il faut continuer.

Berge. — Non pas, mais comme je ne veux rien emporter de cette maison, je prierai ces dames de se partager cette somme (*il leur donne les billets qu'on vient de lui remettre*).

Olympe (*en partageant avec Cora*). — 3500 francs, bigre mon cher ! savez-vous que vous êtes plus gentilhomme que le prince de...

Desbarres (*lui mettant la main sur la bouche*). — Chut ! Mesdames, allons diner, çà vaut mieux que de dire ce que vous vouliez dire. (*A Oswald en le saluant*) Enchanté, Monsieur, d'avoir fait votre connaissance. (*Ces messieurs se saluent*).

André (*qui a quitté la table et entendu la dernière phrase*). — Je tiens ma vengeance.

(*Le rideau tombe.*)

IVᵐᵉ TABLEAU

La Salle des Pas Perdus

Desbarres et sa compagnie sortent de la salle de jeu
et écoutent.

UNE VIEILLE DAME, LE PROFESSEUR DE JEU PUBLIC
DES DEUX SEXES, EMPLOYÉS, DESBARRES

LA VIEILLE DAME. — Rendez-moi au moins mes
300 fr., vieux voleur.

LE PROFESSEUR DE JEU. — Modérez vos paroles,
Madame, ces 300 fr. sont mes honoraires; je suis un
honnête homme et connu de tous les employés.

Une voix dans le groupe qui s'est formé. — Le
professeur a raison, il ne vous doit rien.

LA VIEILLE DAME. — Si je lui ai donné ces 300 fr.
c'est qu'il devait me faire gagner et il m'a fait perdre
tout ce que j'avais.

UN EMPLOYÉ. — Madame, c'est malheureux pour
vous, mais vous avez eu tort, il faut vous retirer
sans faire d'esclandre.

LA VIEILLE DAME. —Heureusement qu'avant d'entrer
au jeu j'avais acheté pour 200 fr. ces bijoux qui en
valent bien 2,000. (*Elle montre une bague et une
épingle*).

L'EMPLOYÉ. — Ces bijoux vaudraient 3,000 fr. au
moins si c'étaient des brillants.

LA VIEILLE DAME. — Comment ?

L'EMPLOYÉ. — Mon Dieu! oui ; ce ne sont que des
diamants américains. (*La vieille dame s'évanouit*).

DESBARRES. — Voilà le bouquet, mais sauvons-nous,
voilà encore M. Oswald qui arrive et il me déplaît ce
monsieur.

(*Le rideau tombe*).

Vᵐᵉ **TABLEAU**

Fatal entrainement

La scène représente un cabinet particulier. Cora, Olympe, Berge et Desbarres finissent de dîner.

CORA, OLYMPE, BERGE, DESBARRES

CORA. — Comme vous êtes sombre, mon cher. Desbarres.

DESBARRES. — Je vous demande pardon, mais chaque fois que je viens ici j'ai comme un poids énorme sur le cœur.

BERGE. — Sans doute quelque triste souvenir, il faut le chasser de votre esprit.

DESBARRES. — Ça me serait impossible; j'aime mieux tout vous dire, et si vous êtes mes amis, vous m'aiderez dans mes recherches; vous surtout, mesdames, qui êtes un peu de la boutique, vous pourrez m'être utiles.

OLYMPE. — Nous ne demandons pas mieux. Voyons, votre histoire.

DESBARRES. — Elle sera aussi courte que triste : En 1873, mon père vint dans le Midi pour y acheter une propriété. Pendant son séjour à Nice il se lia intimément avec un alsacien, ou se disant tel. Comme il annonçait un jour à son ami qu'il avait trouvé son affaire et qu'il allait faire venir de Metz 25,000 fr., qui lui manquaient pour terminer son acquisition : Ce n'est pas la peine, lui dit ce dernier; venez à Monte-Carlo, en dix minutes vous les aurez gagnés. Mon père se laissa séduire, et, le soir-même, il avait perdu 150,000 fr. dont il était porteur. Nous étions assez riches pour supporter cette perte, malheureusement, le démon du jeu s'était emparé de lui. Son faux ami lui fit prêter 300,000 fr. en échange d'un acte notarié par lequel ses biens, immeubles désignés dans l'acte, devenaient la propriété du prêteur, dont le nom était en blanc, si dans le délai d'un mois il n'avait remboursé la somme de 500,000 fr. qu'il reconnaissait avoir reçue. Ai-je besoin de vous dire que ces 300,000 fr. eurent le même sort que la première somme ? Mon père ne pouvant survivre au chagrin de nous avoir dépouillé et aussi à la honte d'avoir été la dupe de son faux ami qu'il sut avoir été le prêteur anonyme, se fit sauter la cervelle dans cet hôtel même où nous sommes. Quelques mois après la douleur mettait ma mère au tombeau. Quant à moi, si je n'ai pas pris le même parti que mon père, c'est que je suis décidé à venger dans le sang de cet homme la mort de mes parents, que son machiavélisme a entraînés dans la tombe.

BERGE. — Vous ne nous avez pas dit le nom du misérable.

DESBARRES. — Il se nomme Gartner. Mais c'est en vain que j'ai pour le découvrir pris un nom d'emprunt, je sais pourtant qu'il est aujourd'hui un des principaux actionnaires de ce tripot dont il est l'agent secret.

BERGE. — Comment on emploie de pareils coquins ?

DESBARRES. — Ce sont les coquins de ce genre qui font la prospérité de l'établissement... Mais laissons là ce sujet, et vous ma bonne Olympe chantez-nous quelque chose de gai pour chasser la tristesse que je vous demande pardon d'avoir provoquée. (*Protestations*).

OLYMPE. — Je vais chanter les couplets de ma nièce et mon ours, vous m'accompagnerez au refrain? (*Elle chante.*)

SCÈNE II

LES MÊMES, UN GARÇON, puis ANDRÉ

LE GARÇON. — Il y a là un monsieur qui désire vous parler.

BERGE. — Faites entrer.

DESBARRES. — C'est sans doute ce monsieur Oswald, il va nous faire part de sa veine, je voudrais (qu'il aille au diable. (*Le garçon introduit André.*)

ANDRÉ. — Je vous demande pardon, Messieurs, de vous déranger.

DESBARRES. — Que désiriez-vous ?

ANDRÉ. — Il y a une heure encore, j'étais employé du Casino, je ne le suis plus maintenant, et je puis parler. Je vous ai vu cette après-midi avec un monsieur que vous ne connaissez pas sans doute.

DESBARRES. — J'ignore dans quel but vous nous faites vos confidences, cela vous regarde, mais nous ne vous autorisons pas à vous mêler de nos affaires.

ANDRÉ, *hésitant.* — J'avais cru en vous voyant avec M. Gartner....

DESBARRES. — Gartner ! avez-vous dit ?

ANDRÉ. — Oui ! Et madame doit le connaître puisque c'est elle qui vous l'a présenté. (*Il désigne Cora.*)

CORA. — Vous vous trompez, mon cher, je ne connais pas de Gartner et je n'ai présenté à ces Messieurs que monsieur Oswald.

ANDRÉ. — Précisément, Oswald, l'homme du monde et Gartner, l'administrateur principal et secret ne font qu'un.

DESBARRES. — Enfin ! l'heure de la vengeance va sonner ! Conduisez-moi près de lui.

(*Le rideau tombe*).

VIᵐᵉ et dernier TABLEAU

Chez le Directeur ou Folie et Vengeance

SCÈNE Iʳᵉ

Gartner et le Directeur sont en conférence.

LE DIRECTEUR. — Je vous l'ai déjà dit votre zèle vous emporte trop loin et finira par nous jouer quelque méchant tour ; j'approuve le piège de Blinsac puisqu'il a bien tourné, mais votre sévérité vis-à-vis d'André pourrait le pousser à abuser de ce qu'il sait.

GARTNER. — Point, on le fera surveiller jusqu'à son départ pour la Suisse et là on lui remettra une gratification en échange d'une demande d'emploi au bas de laquelle l'administrateur de service mettra cette simple note :

« Les renseignements pris sur le signataire sont tels qu'il n'y a pas lieu de donner suite à sa demande. »

Cette lettre restera aux archives et si un jour il voulait jaser, muni de sa demande nous traiterions d'invention tout ce qu'il pourrait dire.

SCÈNE II

LES MÊMES, UNE JEUNE VEUVE et DEUX ENFANTS

GARTNER. — Que désirez-vous, Madame.

LA VEUVE. — Monsieur je viens implorer votre pitié, mon malheureux époux après nous avoir ruinés ses enfants et moi s'est suicidé en nous laissant dans la misère.

GARTNER. — Nous ferons beaucoup pour vous, madame, mais à une condition.

LA VEUVE. — Quelle qu'elle soit j'accepte.

GARTNER. — Elle est simple : ne pas démentir le bruit que nous avons commencé à répandre, que c'est votre inconduite qui l'a poussé au suicide.

LA VEUVE (*révoltée*). — Mais c'est infâme ce que vous me proposez là.

GARTNER. — Peut-être, mais c'est à coup sûr l'aisance et l'avenir de vos enfants; si vous n'êtes pas une mauvaise mère vous accepterez. Après tout vous n'êtes pas de ce pays et l'évènement sera vite oublié.

LA VEUVE (*en sanglotant*). — Mon Dieu ! mon Dieu ! ayez pitié de nous !

GARTNER. — La Providence. Dieu c'est nous, dont l'or représente la toute Puissance. Du reste réfléchissez, j'ai donné des ordres pour qu'on ne vous laissât manquer de rien, revenez nous voir, nous vous trouverons peut-être un mari. (*Il l'accompagne jusqu'à la porte.*)

SCÈNE III

LES MÊMES, LA VIEILLE DAME FOLLE

LA FOLLE. — Monsieur le Directeur, je viens vous proposer un marché, vous savez que je vous ai déjà gagné plus de cent mille francs (*elle agite un sac de cailloux*), voyez plutôt, eh bien, je puis vous faire sauter, vous ruiner en un mot, grâce à mon système. Combien me donnez-vous de millions pour que je ne joue plus ?

LE DIRECTEUR. — La malheureuse est folle.

GARTNER. — On la gardera quelque temps au secret puis on la fera conduire secrètement jusqu'à Paris où on l'abandonnera. (*Il frappe sur un timbre.* — *A part*) Flattons sa manie. — Madame, on va vous accompagner jusqu'à Nice où on vous donnera tous les millions que vous voudrez en échange de votre promesse de ne plus jouer.

LA FOLLE. — Vous faites bien ; en attendant, si vous

voulez vous défaire de vos bijoux, je les achète pour le quart de ce qu'ils valent. (*Elle renverse son sac de cailloux et y plonge les mains*). Eh bien ! qu'en dites-vous, ça ne vous tente pas ?

SCÈNE IV

LES MÊMES, UN EMPLOYÉ

Le Directeur. — Emmenez Madame au secret.

La Folle (*regardant l'employé. — A part*). — Un Monsieur couvert d'or, plumons-le. (*Haut*). Monsieur, c'est la première fois que vous venez ici ? On y perd vite son argent; si vous le voulez, je vous enseignerai une méthode infaillible pour gagner ? Vous ne me donnerez que 300 fr., c'est bien peu, mais vous êtes un brave homme et je veux vous enrichir, venez. (*Elle entraîne le garçon*).

SCÈNE V

LE DIRECTEUR et GARTNER

Le Directeur. — Encore une victime du jeu. S'il y a une justice dans l'autre monde, quelles tortures nous seront donc infligées pour tous les maux que nous avons causés !

Gartner. — Bah ! Tant pis pour les sots qui se laissent plumer. Dans l'autre monde comme dans celui-ci, nous n'avons rien à craindre; les lois nous protègent.

SCÈNE VI

LES MÊMES, DESBARRES, BERGE et ANDRÉ
qui ont entendu les derniers mots.

Desbarres. — Si les lois ne peuvent atteindre les misérables tels que toi, Gartner, il y a du moins le fils d'une de tes victimes qui te demandera compte du sang de son père Souviens-toi de Giraud, et si tu n'es pas le dernier des lâches, nous allons nous battre.

GARTNER (*tremblant*). — Faites valoir vos droits devant les tribunaux. Je ne me bats pas.

DESBARRES. — Tu viens de le dire, tu es à l'abri; mais tu relèveras au moins cette injure. (*Il lui crache au visage. Gartner s'essuie sans répondre. On entend accourir du monde*). Oh! n'espère pas m'échapper. Lâche Gartner, va rejoindre dans la tombe les victimes que tu as poussées au suicide, et puissent les malédictions de leurs familles, être exaucées dans ce monde et dans l'autre! Anathème sur Monte-Carlo! (*On entend deux coups de feu: Gartner, puis Desbarres, tombent*).

FIN

AVIS AU LECTEUR

Dans cette pièce, écrite toute entière avec la plume d'un joueur malheureux, toutes les scènes ont été inventées, aucune n'a existé, du moins... à la connaissance de l'auteur.

L'Administration des jeux étant maîtresse absolue dans le Casino, c'est avec intention que l'auteur a choisi pour les écrire les scènes les plus odieuses qu'il a pu imaginer, afin de mettre les joueurs en garde, non contre ce qui existe, mais contre ce qui pourrait exister sans que personne autre que les victimes s'en aperçut.

(Note de l'auteur).

Marseille. — Imp. Générale J. Doucet, rue Chevalier Rose, 3.

A PARTIR DU 1ᵉʳ DÉCEMBRE

LA

Chronique du Casino

DE

MONTE-CARLO

REVUE MENSUELLE

Paraissant l'Hiver seulement

50 CENT. LE NUMÉRO

www.ingramcontent.com/pod-product-compliance
Lightning Source LLC
Chambersburg PA
CBHW060909180626
46818CB00004B/1894